La torre de Alba

Primer premio de Narrativa en Castellano
de la Universidad Politécnica de Valencia en 1997

Mónica Samudio Bejarano

Este relato fue distinguido, por unanimidad, con el primer premio de narrativa en castellano en el Certamen Literario de la Universidad Politécnica de Valencia de 1997 por el jurado compuesto por: D. Rafael Marí Sancho, Dª María García-Lliberós, D. Blas Parra y D. José Luis Seguí.

El premio a Mónica Samudio se lo entregó Ana María Matute.

La primera edición fue impresa por el Servicio de Publicaciones de la U.P.V. – Ref. 98.1501.

© Mónica Samudio Bejarano

Diseño de portada y maquetación: Guisela Samudio

ISBN: 84-7721-578-2
Depósito legal: V – 464 – 1998

Imprime: Amazon, Inc.

Web: www.monicasamudio.com

A mi madre por su apoyo y su cariño

Al mirar tras los ventanales humedecidos todo se coagulaba allá abajo. Las gotas que resbalaban le decían que nunca más volverían a pasar por allí, que en la vida hay que arrastrarse hasta tocar fondo. Las baldosas desgastadas se juntaban unas a otras como protegiéndose del frío, esperando transmitirse calor. Las aceras formaban un mosaico de grises apagados y de charquitos que temblaban en círculos al recoger una nueva gota de lluvia para engrandecer su mísero caudal.

Volver. Volver sería nacer de nuevo, pero también sería morir a su lado. Era más fácil mutilarse las ganas y los sentimientos, ser consecuente y quedarse donde estaba. Pero en aquel lugar del norte de Italia no solo quedó el momento vivido, sino también el resto de su vida. Pensó que quizá en la distancia él encontrase el amor que buscó en ella. Separados en lo físico, tenía la esperanza de que así la amaría más con cada día que su ausencia lo despertase en la soledad de su refugio. Además, siempre quedaban los marmóreos ojos de aquel otro que miraba a su lecho para recordarle que ellos tres fueron uno y se amaron, muy a pesar suyo. Pero si hubiese decidido envejecer a su lado los años se habrían amontonado para ella en un segundo, la habrían desfigurado ante la esterilidad del amor que él le entregaba. Quizá por eso se cansó de esperar a su lado. No sabía en qué momento ni por qué decidió abandonarle, pero creyó que ya era suficiente, que no podría soportar más la culpabilidad de no haber sido quien él quería que fuera.

Como si se tratase de un rito, Alba se sentaba todas las tardes junto al ventanal para mirar la ciudad. Mientras caminaba por el pasillo escuchaba el eco de sus zapatos, el roce del tacón en el suelo. Recordaba los rincones donde se escondía lo femenino en la mujer. Los movimientos. Le gustaba mirar su reflejo al andar en los cristales. Aprovechaba esos instantes, sabía que en unos segundos perdería su gracia porque rompería a llorar y se convertiría en algo vulgar.

Se consolaba pensando que ella había elegido aquello, pero era un consuelo estúpido. Ahora compartía su vida con un hombre retorcido y ornamentado como una fachada churrigueresca. Él no le aportaba nada más que el deseo de que se marchara cada madrugada y no regresara hasta el anochecer. Fue por desidia por lo que decidió contraer matrimonio con Charles Merton en su ciudad natal. Creía que con aquel enlace iba a poder huir de la soledad pero, curiosamente, cada vez que él aparecía lo único que deseaba Alba era que la dejase sola.

Charles especulaba sobre los pensamientos de su mujer. Estaba seguro de que se autocastigaba por el hecho de no haber escrito ni una sola página desde que regresó de Italia y de haber hundido su carrera con aquel intento de novela frustrada que nunca acabó. Se había convertido en una mujer abandonada y distante. Él cada día se interesaba menos por su estado de ánimo. Ya se había cansado de buscar un significado a su comportamiento, había dejado de atacarle con sus frases hechas y quería complacerle pasando cada vez menos tiempo a su lado.

Alba solo recibía visitas de una mujer que conoció por casualidad a la salida de un teatro. Se trataba de una señora entrada en edad, gorda y chillona, comidilla de los cotilleos de sociedad por su aparición inesperada y su comportamiento vulgar. Margarita Blasco era una soprano ampulosa que había regresado a Londres después de varias giras europeas. Pese a su estética estridente y el rechazo de la gente a entablar amistad con ella, Alba la creyó poderosa y sincera desde que la vio abandonar sola el teatro una noche de invierno. Desde aquel día estuvo buscándola para tener la oportunidad de conocerla y de demostrarle que ella no la despreciaba, es más, que admiraba su frialdad ante tal situación.

Margarita era mordaz y muy inteligente, tenía contestaciones para todas las críticas que se hacían de ella y algunas veces había sacado los colores a distinguidas damas en público. Alba pudo disfrutar de varios insultos socarrones que le dirigió muy cortésmente a su marido cuando éste le advirtió de la clase de amiga que había elegido.

La calle se llenaba de vida con la llegada de la soprano, se la veía llegar a distancia. Pasaba todas las tardes por casa de los Merton embutida en trajes alegres. Caminaba erguida y segura. Tenía una gran caja torácica, probablemente para albergar un corazón tan humano. La tristeza de Alba se difuminaba tras los ventanales cuando escuchaba sus risas por las escaleras. Saludaba a todo el servicio y a menudo traía florecillas silvestres y dulces para alegrar la velada. Le encantaban los regalos. Muchas veces llegaba a la habitación donde le esperaba Alba y mostraba sonriente las manos vacías porque las cosas que traía las había regalado, a la cocinera o a cualquier otra persona de la casa. Siempre que abría la puerta aparecía observadora, levantaba sus finísimas cejas pintadas de negro sobre sus párpados azulones y esperaba alguna reacción de Alba.

—¡Es una lástima que una cara tan bonita pueda perderse en una habitación tan grande! ¿Por qué una mujer como usted se deja marchitar entre estas paredes? La soledad es terrible, es el castigo de los que hemos llevado una vida intensa.

Alba no contestaba, sonreía con dulzura. Le pedía que le cantase algún fragmento de opera en italiano y sabía que a Margarita se le rompía en corazón por dentro porque conocía el significado que tenía para ella.

—*Madonna sua mercè, pur una sera. Gio io sa e bella assai...* —entonaba la soprano con armonía y sentimiento.

Una tarde, Margarita llegó a la casa de los Merton sofocada por el cansancio de arrastrar tantos kilos. Subió las escaleras y no encontró a Alba sentada en su soledad vespertina. La buscó por las habitaciones y al final la encontró en su antiguo escritorio. Estaba de pie, pensativa y hojeando algunos apuntes. Sus delicadas manos pasaban las páginas de un manuscrito cosido, su rostro se ocultaba tras el cabello negro, pero se podía adivinar la tristeza de sus ojos. Sus lágrimas habían humedecido el ambiente y habían bajado la temperatura de la habitación. Margarita sintió frío, cruzó los brazos por debajo de los grandes pechos y se protegió las manos. Miró a todas partes. Alba notó su presencia y se arrodilló echándose las manos a la cara. Gimoteaba como una gárgola afónica.

La señora Blasco se quedó aturdida, había visto llorar a su amiga en varias ocasiones, pero nunca de aquella manera. Sabía que los apuntes que hojeaba pertenecían a aquella novela que empezó en Italia pero que nunca llegó a terminar. Intuía que su llanto no se debía al recuerdo de aquellos días porque muchas veces los habían compartido juntas. Pensó que quizá había vuelto a escribir y se había hundido ante la imposibilidad de poder hacerlo de nuevo. Alba no contestaba, no hablaba. En su mesa de madera había una carta con un sobre grande y un sello bermejo. Junto a una enredada firma se podía leer en grande:

Alba, no se esconda en su torre.

Alba Linton había decidido abandonar su ciudad natal para poder olvidar todo lo que siempre representó su vida. Huía de las sucesivas reuniones con los editores ingleses, de sus proyectos, de los periodistas que discutían su falta de rigurosidad, de los críticos que la insultaban con sus frases hechas, de los hombres que la admiraban más por su fortuna que por su prosa transparente. Huía de todo lo que le recordaba que la libertad ya no podía existir ni tan siquiera en las almas más sensibles.

Se había marchado a Italia para empezar a escribir su nueva novela. Después de intentar enlazar un montón de frases sin demasiada coherencia y de tratar de conectar con la gente mirando a través de los fríos ventanales de Londres, comprendió que nunca más volvería a crear nada en aquella ciudad. Necesitaba trasladarse a un sitio con color. Vivir en un ambiente que pudiese inspirarle algo más que frases sueltas sin conexión, donde la gente no fuese tan sociablemente respetable y sus amistades no fuesen tan sociablemente aburridas. Después de pensar el sitio adecuado durante unos meses, se marchó a Italia. Allí se había instalado su prima Emma al contraer matrimonio con un general milanés, Gabriele de Sperenni, así que no le sería tan difícil empezar de nuevo si contaba con la ayuda del matrimonio. Su prima ya le había hablado de la venta de una preciosa villa en Pavía y la escritora le encomendó su compra a ojos cerrados, sin haber visitado nunca aquel lugar.

Llegó a Pavía por la noche después de un largo viaje que la dejó exhausta. El matrimonio de Sperenni la esperaba desde hacía varias horas. Su prima se preguntaba si habían hecho bien en comprar la villa, si sería acertada para una elegante y afamada británica acostumbrada al lujo y a la exuberancia de las últimas modas. Pero cuando llegó Alba Linton, con su sonrisa sincera y sus ojos azules, Emma de Sperenni se olvidó de sus dudas. Sabía que no había cambiado, que seguía conservando la misma juventud brillante y natural de otros años. Era la que ella siempre había recordado.

—Alba, Alba, mi pequeña Alba. Está realmente maravillosa, sigue teniendo la luz de un ángel —comentó Emma mientras la miraba sorprendida—. Nunca ha estado más hermosa que ahora, y eso que siempre ha sido la niña más bonita de la familia.

—No exagere, querida prima. Nada tenían que envidiar mis negros tirabuzones al dorado de los suyos. ¿Recuerda cuando nos peinaban juntas? ¡Cuánta paciencia había de tener con nosotras! Pobre señora Bray, nos consentía demasiado.

Las dos mujeres no abandonaban los recuerdos de su niñez, Emma preguntaba por el señor..., por la señora..., por todos los que habían llenado su infancia en Inglaterra. Se emocionaban con las pequeñas cosas de su pasado, añoraban las tierras, los sueños, la gente y el olor del recuerdo las transportaba lejos. De niñas habían estado muy unidas. Emma había sido como una hermana mayor para Alba.

—Se quedará esta noche con nosotros. Es muy tarde y, además, así podremos disfrutar en el almuerzo de su compañía —Gabriele de Sperenni intentaba entrar de algún modo en la conversación.

—Es muy amable por vuestra parte, confieso que me da miedo dormir la primera noche en un lugar que desconozco, y eso que estoy ansiosa por verlo todo, por verme ya instalada y empezar a escribir cuanto antes. Espero que el lugar no esté muy alejado.

—No, en absoluto. Lo he hecho adrede para que pasemos más tiempo juntas. Gabriele está ausente la mayor parte del tiempo y yo me siento muy sola. Su decisión de venir a Pavía ha sido un consuelo para mí... está mal decirlo, pero es así —Emma hablaba con rapidez, no podía disimular su alegría—. Mañana iremos a ver la casa, cuando haya descansado y se sienta con fuerzas. Deseo que todo sea de su agrado, ¡no sabe cuánto he sufrido por habernos precipitado tanto en la compra de la villa! Lo importante ahora es que descanse y que se quede con nosotros todo el tiempo necesario.

Alba Linton durmió profundamente hasta el mediodía. La despertó el canto de los múltiples pajarillos que revoloteaban en el jardín, se acercó a la ventana y apoyó su frente en los cálidos cristales para ver cómo extendían sus alas entre los árboles. Envidió el color de las flores nacientes a las que el sol había bañado desde el amanecer. Estuvo más de una hora arreglándose y cuando bajó encontró a Emma en compañía de un hombre de unos cuarenta años que hablaba su idioma con un musical acento italiano.

—*Il signore* Eduardo da Perugia, mi prima la señorita Alba Linton —Emma les presentó—. Gabriele ha tenido que marcharse, me ha pedido que le disculpe pero le ha sido imposible quedarse a almorzar con nosotras. No la he despertado porque imaginaba que necesitaba reposo.

—No importa, querida prima. Se lo agradezco.

—Ah, Eduardo da Perugia estaba impaciente por conocerla, él es así de imprevisible, no ha podido esperar a la cena de esta noche para que les presentase. Es un gran admirador suyo.

—Me siento muy halagada —dijo Alba, que no esperaba conocer gente tan pronto, pues todavía se sentía confusa porque todo aquello era nuevo para ella.

—Permita que me haya atrevido a ser el primero en molestarle, seguro que detrás de mí habrá una larga cola de gente que espera hacerlo, y cuando la conozcan a usted, todavía más. No es fácil imaginarse que unas manos tan delicadas puedan escribir cosas tan interesantes. Pero esa es la fascinación de la mujer, las cosas que pueden dar a luz unos cuerpos tan frágiles.

—Me lo tomaré como un cumplido señor da Perugia —Alba sonrió como una muñeca muda.

—He leído todas sus obras. Confieso que la primera, *Desalmada*, me la prestó su prima, pero el resto ha sido por propio interés. Es fascinante su concepción de la realidad, su mundo interno… y espero que en su estancia en Pavía me haga partícipe de alguna de sus ideas.

—Eduardo, es usted incorregible —añadió Emma— . Mi prima ha venido aquí huyendo de los críticos y usted se va a convertir en el peor de todos ellos, sin lugar a dudas. Alba, espero que no le haga mucho caso. *Il signore* da Perugia es un gran amigo nuestro y por eso le permitimos más libertades que a nadie, me atrevería a decir que nos obliga a permitírselas. Para él no existe el *no* como respuesta.

—Cierto. Pero en el fondo el matrimonio de Sperenni me adora, por eso me consienten algunas pequeñeces.

Alba Linton observaba con detalle a aquel hombre, le llamaba la atención su amistad con Emma, parecían ser grandes amigos, confidentes de sus secretos y muy unidos por pequeñas cosas. Se preguntó si alguna vez ella había tenido una amistad semejante. Era verdad que conocía a mucha gente, que almorzaba y cenaba con numerosos amigos, pero nunca nadie había sido tan especial desinteresadamente. No dudaba de la fidelidad de su prima, pero si era verdad que el señor de Sperenni pasaba tanto tiempo fuera… No se atrevía a hacer ningún juicio, pero sentía curiosidad por aquella simpática relación.

Al caer la tarde, Eduardo da Perugia les acompañó a la villa. Alba quedó satisfecha con su nueva residencia, era hermosa y gozaba de un amplio jardín, en cuyo centro había una especie de torrecilla de piedra donde la sombra era perfecta.

—Es el lugar ideal para escribir, rodeado de color, de naturaleza, de luz. La torre será mi fortaleza —Alba sonrió y dio una palmadita en uno de sus muros—. Mandaré traer todo lo necesario. Estoy dispuesta a cambiar mi horario de trabajo. En Londres escribía con la melancolía de los atardeceres, en Italia escribiré con la belleza de los amaneceres, con la fuerza de los mediodías.

—Encantador señorita Linton, encantador. Pero no olvide nunca que la melancolía ha hecho de usted una gran escritora —advirtió Eduardo—. Quizá debería reservar algo también a los días lluviosos, a las sombrías noches y, por qué no, a esos atardeceres londinenses. La mutación en el arte es necesaria, el hombre tiende a una evolución en las formas y en la dimensión global de las cosas, pero no por ello ha de destruir u olvidar aquello que le hizo despertar en otros tiempos. Usted no puede pretender sufrir otra metamorfosis por haber cambiado de residencia, porque ya haya conseguido llegar a ser una mariposa de bonitas alas. No se arriesgue a sufrir otra, nunca se sabe lo que puede salir de un capullo de seda, por mucho que esté protegido dentro de una torre.

—Ya le advertí que *il signore* da Perugia iba a ser su crítico más caprichoso. Eduardo, espero que sea usted más considerado...

—No Emma, no me importa —interrumpió Alba—, es interesante lo que dice. Me gustará compartir mis ideas con alguien tan particular, así que no le perdonaré que no venga usted a visitarme en cuanto quede instalada.

Pasaron unas semanas hasta que Alba Linton pudo vivir en su nueva villa, en todo ese tiempo conoció a unos quince o veinte amigos del matrimonio de Sperenni. No recordaba el nombre de ninguno de ellos, solo el de Eduardo da Perugia, que les había acompañado a todas las fiestas, reuniones y cenas a las que habían asistido. Su comportamiento era extraño y a veces violento para Alba. Emma ya estaba acostumbrada a la insociabilidad de Eduardo y a su indiferencia ante el mundo que no le interesaba. Su amiga disculpaba su comportamiento, le protegía y sonreía por los dos. Él era desafiante y se mostraba más irónico y dañino a medida que transcurrían las veladas. Parecía que nada era de su gusto, solo las dos damas a las que acompañaba. No faltaron los comentarios sobre él. Los amigos del matrimonio se acercaban descaradamente a Alba Linton para advertirle sobre el despotismo y el peligro de su acompañante. Ella no entendía por qué se comportaba de aquel modo y se asustaba incluso cuando Eduardo cambiaba bruscamente el tono de voz sin ningún motivo aparente. A menudo se sentía incómoda a su lado, pero luego, sin saber por qué, lo buscaba entre la gente. No lo perdía de vista.

Cada mañana salían juntos a dar un paseo a caballo. Era un placer cabalgar cuando todavía el sol agosteño no caía con fuerza sobre la fértil tierra de Pavía. El paisaje era espectacular desde el Parco del Ticino. Las numerosas especies de aves que poblaban aquellos parajes hacían musical y romántico los paseos entre la vegetación frondosa. Cabalgar junto a las orillas del rio Ticino era para Eduardo alcanzar un estado de contemplación mágico. El agua calmada le atraía e incluso le hacía llorar algunas veces. Comentaba que él le había aportado caudal al rio llorando desde sus orillas, y que las anguilas que se dejaban arrastrar por la corriente en los períodos llenos reconocían entre las aguas dulces sus lágrimas saladas.

Aquella mañana se proponían subir a la colina para admirar la belleza dormida de la vieja necrópolis di Golasecca. Estaba un poco alejada. Salieron de madrugada al trote para disfrutar de un amanecer de lluvia fina y olor a rocío.

Il signore da Perugia tenía los ejemplares más hermosos de toda Pavía. Los caballos y el arte habían sido su devoción toda la vida y dedicaba gran parte de su tiempo libre a mimarlos y a exhibirlos. Tanto representaba para él mundo artístico como el ecuestre. Hablaba de ambos como algo absolutamente suyo, con exclusividad.

Era su *fiume* Ticino sobre el que galopaban sus caballos para llegar a su necrópolis.

—Dos hermosos ejemplares para dos hermosas señoras. Es uno de los mayores placeres para mis ojos, observar los movimientos de la mujer sobre el animal puro.

—Eduardo —cortó sonriente Emma.

—Querida Emma, no es una grosería lo que intentaba explicar. Hablo del placer, y el placer no puede nunca ser una cosa grosera, en todo caso un pecado, porque el hombre se ha empeñado en asignar esa horrible palabra a todo lo que le es gratificante. Alababa los movimientos de la mujer. Soy un enamorado eterno de los caballos y de los movimientos de la mujer. Sus ademanes son exquisitos, nunca comparables con los de un varón. Sí, hay hombres de gran finura y belleza, pero digamos que su gesticulación es a menudo forzada, copia de una virtud casi exclusivamente femenina. El vaivén de las caderas, el dibujo que forman los brazos en aire, las ondas de las largas cabelleras, el leve roce del tacón en el suelo. La mujer es pura satisfacción visual cuando anda, cuando se expresa, cuando ríe o cuando sueña. Sin embargo, su encanto se rompe cuando llora, cuando grita, cuando riñe o cuando goza.

—Discúlpeme, Eduardo. No acabo de entender esa última parte —Alba siempre le escuchaba con atención,

17

le gustaba la interpretación que hacía de las cosas—. ¿No cree que el goce de una mujer sea algo hermoso?, ¿no le atrae la mujer en ese estado?

—No. Supongo que viniendo de un hombre es difícil de aceptar, y supongo que usted no está de acuerdo con esa observación. Pero las cosas hay que explicarlas cuanto menos mejor, porque pierden el valor de sí mismas. ¿Qué sería de la poesía si todo el mundo intentase explicar aquello que percibe o que ha creído entender? Cuando se va a un museo siempre hay cuatro o cinco amigos expertos que piensan que saben del tema e intentan dar su punto de vista, y no es nada más que el punto de vista de uno menos que te ha de molestar en tu estancia allí.

>> Yo no voy a ser su crítico, señorita Linton, por mucho que mi querida amiga Emma así lo diga. Nunca hablo de la obra de los demás en un profundo y aburrido análisis, prefiero permitirme el lujo de clasificar las obras de arte con una palabra exacta. Su obra, pues, es sencillamente fascinante. Solo merece la pena criticar con detenimiento a la sociedad en la que uno vive y a la gente que nos rodea, y tan solo es interesante porque es divertido. No hay nada interesante que no sea divertido, inmoral, o que se trate de uno mismo. Solo en el egoísmo de cada uno está la verdadera pasión del ser. El hombre o la mujer que se entrega a otro por amor

solo vive la pasión a través de su relación, pero el que recibe lo que el débil ha entregado, ese es el que siente, alimenta y experimenta la verdadera pasión. Lo malo, como todo en la vida, es que el que vive las cosas en extremo acaba cansándose pronto de ellas. Así que de esa relación en que uno da y otro absorbe egoístamente, aún sin ser muchas veces consciente de ello, el que ha dado es el único que pierde. El que ha recibido y agotado cree existente esa pasión durante un periodo de tiempo por la proyección que el otro da de lo que estuvo solo en sí mismo. ¿Complicado? No, muy sencillo. Hay que admirar siempre al que recibe, porque aunque ya no le quede nada en sí mismo siempre le quedará lo que el otro le dé, mientras que al contrario esto nunca será así.

—Si tuviese que decidirme por una sola palabra para contestarle, intentando no juzgar su obra de arte, o sea, su discurso, utilizaría el término: abrumador. Es usted totalmente abrumador.

—Y usted un encanto, señorita Linton.

—Yo creo que es intrigante y persuasivo…

—Error, Emma —interrumpió él— ha utilizado dos calificativos. Se trataba de buscar el término exacto. Sintiéndolo mucho, queda fuera de juego.

Alba Linton cada vez se aficionaba más a los caballos y al *signore* da Perugia. Su fuerte personalidad la enredaba como si fuese una soga con vida. Él la visitaba todas las mañanas. Cuando la veía encerrada en su torre de piedra esperaba en casa del matrimonio de Sperenni y regresaba más tarde para no interrumpir su trabajo. Pero Alba siempre estaba con él, aunque él no estuviese de una forma física. Había empezado su novela, al principio se había recreado largamente en hermosas descripciones paisajísticas, en donde la naturaleza italiana cobraba una vital importancia. Después había sido absorbida por su personaje principal: un caballero que hablaba, vestía y pensaba como Eduardo, más aún, lo había bautizado Eduard. No se daba cuenta de que su obsesión por *il signore* da Perugia se acentuaba cada minuto que pasaba en su torre. Empezaba a difuminarse en su mente los límites de la idealización con los de la realidad.

Eduardo era un hombre maduro, debía de pasar los cuarenta, pero su atractivo no se perdía con el paso de los años. Tenía unos rasgos interesantes. El brillo punzante y atrevido de sus pequeños ojos oscuros retaba la pasión de aquel que se atrevía a mirarlos. Sobre ellos caían, como por descuido, algunas mechas de su cabello negro, que parecían haber sido pintadas por un artista miniaturista y caprichoso. Pero el secreto de su rostro, de su atracción, estaba escondido en su boca. Allí guardaba el encanto del experimentado hombre latino, con una risa maliciosa e infantil y un acento que hacía musical todo lo que decía. Era alto y delgado, elegante hasta más mínimo detalle de su ropa. Perfección en sus manos estilizadas.

Eduard, el que ella había creado, era un galán, un seductor, un hombre que fascinaba a todas las mujeres pero que no se dejaba amar por ninguna de ellas. O quizá por todas. Cuando escribía sobre él se recreaba en su persona, pero le era difícil crear a alguien que encajase con su manera de ser. Lo dejaría libre o esperaría un poco más de tiempo para componerlo. Mientras tanto trabajaba para esbozar un contexto y una historia. Cuando empezó a desarrollar a su personaje le asaltó la duda, le preocupaba no ser capaz de llevar aquella novela a cabo. Era algo nuevo y demasiado desconocido como para crearlo ya, de ser así sabía que iba a corregirla continuamente y que tendría que volver a trasformar los primeros capítulos hasta tener a Eduard más o menos configurado. Pensaba en las múltiples posibilidades que le ofrecía aquel rincón de Italia para descubrir en sí misma un lado diferente de ver las cosas. La tranquilidad le fascinaba. Sabía que bajo el pinar podía nacer una historia distinta y complicada. Pero ¿qué pensaría *il signore* da Perugia de ella cuando lo leyese?

Alba se había sentado en una silla de mimbre tejido. Escribía algunas frases sueltas sobre conversaciones que había tenido con diversas personas desde que llegó. Palabras, situaciones vividas o inventadas. Pensó en Emma: su prima, ¡la mujer que disfrutaba de la amistad de Eduardo desde hacía tantos años! Sin quererlo, empezó a sentir celos y envidia por aquella amistad, no porque ella no hubiese tenido nunca algo parecido, sino porque se trataba de Eduardo. No podía evitar aquel sentimiento a pesar de ser consciente de que no era correcto. Se justificaba diciéndose que necesitaba estar más cerca de él para conocerlo mejor y ayudarse en su novela, pero Emma se había convertido en su rival, empezaba a ser un obstáculo entre ellos dos. Le molestaba que estuviese con ellos en sus paseos a caballo, en sus reuniones, en sus juegos, en su... en su intimidad. Al pensarlo, entristeció. Su galán, su hombre latino de ardientes labios nunca había tenido la menor intención de estar con ella de un modo íntimo. En realidad, la trataba casi igual que lo hacía con su prima: siempre atento y adulador, siempre detallista y encantador, pero eso era todo. Una amistad. Una joya en el corazón de Emma. Una derrota en el de Alba.

No tenía intención de separarlos, eran demasiado amigos, pero sí de ocupar un lugar más importante para Eduardo. Emma ya tenía a su marido, también contaba con otras amistades, era una persona querida en Pavía. Alba no pretendía ser como su prima, quería alejarse de la gente, ser importante solo para una persona y llenarse de él. Admiraba a Eduardo y se auto convencía de que estar con él y evadirse de todo lo demás era lo mejor.

"Si pudiese enamorar al señor da Perugia, podría ser todo tan fácil y hermoso" —pensaba mientras daba golpecitos con su pluma en la mesa de madera en la que solía escribir—. Pero ¿cómo hacerlo? Necesitaba pasar más tiempo a solas con él, buscar una intimidad que no había existido hasta ahora. Seducirle no iba a ser fácil, él era tajante con algunas cosas. Era difícil para el amor.

Cuando Gabriele de Sperenni regresó de su último viaje a Florencia, Alba Linton propuso una velada en la mansión del *signore* da Perugia para conocer el nuevo caballo que éste había adquirido. Un purasangre español. Un caballo en estado salvaje cuya hermosura había sido descrita por Eduardo como un adolescente lo hubiera hecho de su primer descubrimiento del sexo. Había recalcado su furia con orgullo. Era su nuevo y peligroso reto. Estaba como loco por domar aquella hermosa bestia que levantaba su pasión y erizaba su piel.

—Sí, sí, la belleza de ese animal va a hacer que me pierda otras cosas que valen la pena contemplar. Creo que hoy ya no he podido disfrutar del atardecer ni de la puesta del sol. Me veo cautivado, sentado frente a él y sin pensar apenas en otra cosa que no sea en su fiero porte. Tristemente, he de confesar que no lo he comprado para mí. Es para el joven Alexandro Prietti, lo he invitado en estos días de verano y espero que nos acompañe también en los próximos meses —dijo Eduardo con una de sus amplias y blancas sonrisas, miró a Emma y, disimuladamente, le apretó la mano.

Alba quedó desconcertada por el cambio de actitud y del tono de su voz. Se había percatado de su gesto y se sintió dolida sin saber por qué. Tal vez por sus confidencias o quizá por la llegada del joven. Tendría que hacer algo ya, intentar acercarse más a Eduardo antes de la llegada de aquel que iba a estar con ellos todo el verano. Estaba preocupada y no podía disimularlo. No prestaba apenas atención a la conversación de Gabriele, que le contaba cosas sobre Florencia. El general la animaba a hacer un viaje por Italia, probablemente iba a contar con unos días libres y creía que sería una buena idea enseñarle algunos lugares. Alba no le contestó. Le sonrió por hacer algo, pero lo último que deseaba era alejarse de Pavía. No podía decirle directamente que no porque el hombre se esforzaba por ser amable y se preocupaba por ella. Al final le dijo que lo pensaría, sin demasiado interés.

—¿Así que nuestro joven amigo nos visita de nuevo? Es encantador por su parte que no se olvide de nosotros —comentó Emma con dulzura—. Gabriele debería permanecer más tiempo en Pavía, cuando venga Alexandro seremos casi como una familia. Va a ser un bonito verano, lo presiento.

—Le comentaba a la señorita Linton que quizá disponga de unos días libres. Sería una posibilidad hacer un pequeño viaje para mostrarle otras ciudades.

—Gracias por su atención, pero ahora no podría dejar el trabajo de mi libro… necesito concentrarme más en él. Quizá más adelante podremos hacer un viaje todos juntos, sería un verdadero placer recorrer Italia. Si me disculpan, necesito beber algo fresco —dijo Alba con un tono nervioso y distraído.

Eduardo llamó a Darío para que le sirviera una limonada fresca. Alba se sentó en la sombra y contempló desde lejos al purasangre. Verdaderamente era majestuoso y fiero. Sus ojos eran dos bolas negras y su mirada misteriosa, como la de su amo. Dejó la limonada y se acercó a él para observarlo de cerca.

—Si ese caballo es un regalo, deberían empezar ya a domarlo —propuso Alba—. Lo malo es que va a perder belleza. Ese caballo ha nacido para ser fiero.

—Me alegro de que comparta conmigo el mismo sentimiento. Pero no lo he comprado para mí. Imagínese por un momento lo que se tiene que sentir ahora mismo al montarlo.

—Me gustaría poder experimentar esa sensación.

—Su piel blanca sobre el negro y brillante pelo del purasangre… claro, que me la estaba imaginando a usted desnuda sobre el caballo. —La mirada de Eduardo recorrió descaradamente el cuerpo de Alba para imaginársela mejor.

Ella lo miró seria. Él le acarició una mejilla como si fuese una niña tímida y reparó una vez más en su belleza natural. Alba se sintió llena.

Oyeron la voz de Gabriele que les llamaba desde el jardín. Eduardo se separó de ella y la dejó sola frente al caballo sin decirle que le acompañase. Sintió su egoísmo y su frialdad y también su indiferencia.

Se había levantado un poco de viento, los árboles se agitaban y el cabello de Eduardo se enredaba en ondas. Darío advirtió del mal tiempo al matrimonio de

Sperenni e insinuó que sería mejor servir la cena dentro de la casa. Alba se acercó a ellos con los brazos cruzados y entornando un poco los ojos porque el viento había levantado arenilla del suelo y le molestaba.

—Gabriele, es usted un experimentado jinete. Podría empezar ya a domarlo. Sería lo más acertado si es verdad que va a llegar pronto el joven.

Alba sabía que no era cierto, que el general no era un experto. Por un momento pensó que si él aceptaba podría sufrir algún pequeño percance y así ella podría pasar más tiempo a solas con Eduardo. Su prima se marcharía con su marido y quizá lograse acercase más a él.

—No crea, señorita Linton —respondió Gabriele.

—Los caballeros, siempre tan discretos. Es usted un hombre de honor, valiente y con numerosas medallas. No me haga creer que no está a la altura de ese animal.

Alba provocaba al general para conseguir lo que quería. Eduardo se negó mil veces a que se acercasen al caballo, pero al final Grabiele, convencido de que tenía que mostrar su valentía, intentó acercarse y tomar un primer contacto. Se arriesgó a una estúpida batalla con el purasangre y acabó por tener un accidente. Cayó violentamente al suelo fracturándose la tibia. El viento era cada vez más fuerte, el cielo se agitaba y el olor de las cuadras envolvía la finca. Emma corrió hacia su marido, pero no se atrevió a pasar la gruesa barandilla porque el caballo amenazaba imponente desde el otro lado. Estaba furiosa por la insensatez que acababa de cometer su marido, se lamentaba de no haber podido hacer nada. Darío saltó y lo agarró en brazos. El general apenas se podía mover. Por otra parte, Eduardo estaba fuera de sí, se sentía culpable, sabía que ese caballo no debía de haber sido montado por nadie. Aquello había sido estúpido. No entendía por qué Alba había incitado así al general ni qué pretendía demostrar él al arriesgarse de ese modo.

Darío fue a por el coche y llevaron a Gabriele al centro de la ciudad para encontrar al médico. Eduardo se quedó toda la noche despierto. El viento se hizo de lluvia dulce y trajo un murmullo lejano de paz. Mojaba sus cabellos cuidadosamente y resbalaba en su frente. Con la mano en la boca contemplaba inmóvil al caballo, que también había decidido pasar la noche en vela. Sentía su respiración tranquila y firme como un diapasón. Eduardo miraba las estrellas. Volvía a mirar al animal. Buscaba un nombre para él. Sonreía cuando se le ocurría alguno. Miraba de nuevo al animal.

—Lo mejor será que lo bautice Alexandro cuando llegue —dijo en voz baja mientras se mordía suavemente la yema de su dedo índice.

Eduardo abrió los ojos sin ser consciente del tiempo que había transcurrido. Se levantó, se apoyó en la barandilla que lo separaba del caballo y esperó ver el amanecer en su lomo brillante. Los dos estaban empapados, la lluvia había cesado, apenas unas gotitas tímidas caían y temblaban en todas partes. El sol intentaba abrirse paso entre el cielo rojizo.

Alba sintió remordimientos de lo que había hecho, pensó que la caída pudo ser más grave. Había jugado a ser egoísta e infantil. A primera hora de la mañana fue a visitar al matrimonio de Sperenni. El pobre general tenía algunas heridas en el rostro y en los brazos, pero no eran profundas. No podía moverse porque le habían escayolado la pierna hasta la cadera y se quejaba de un terrible dolor en los riñones debido a la rígida postura que debía adoptar. Emma lo cuidaba con paciencia.

—Lo siento, de verdad que siento haberme comportado como una chiquilla. No era mi intención.

—No se atormente, Alba —replicó su prima—. Ha sido un feo accidente, pero el médico ha dicho que con reposo puede sanar pronto.

—Emma, es usted tan buena.

—¿Por qué dice eso?

—No. Me refiero a todo. Por su sensibilidad y su dulzura. Gabriele tiene mucha suerte de tener una mujer como usted a su lado.

Muy a pesar de todo, la escritora lo había conseguido: era dueña del tiempo del signore da Perugia. Solo tenía que competir con el caballo por ahora, después, cuando llegase el joven, esperaba estar unida a Eduardo de una forma diferente. Consiguió pasar más tiempo a solas con él. Se sentía orgullosa y posesiva. Paseaba agarrada a su brazo, tomaban té en su salón, visitaban juntos al matrimonio de Sperenni y les distraían con sus conversaciones y sus juegos. Pero eso seguía siendo todo. Alba le facilitó todas las formas, todas las insinuaciones, todas las trabas posibles para que él la hiciese suya, pero su galán italiano la rechazaba delicadamente tratándola siempre como a una amiga.

—Eduardo, me siento muy dolida por su comportamiento. No le entiendo, creo que usted quiere que me sienta confundida. Por lo menos eso es lo que siento. Cuando le tengo a mi lado no cambiaría esos momentos por nada, odio cuando se marcha, odio que me abandone cada anochecer.

—Entiéndame, señorita Linton —interrumpió él—. Es usted una de las mujeres más hermosas e interesantes que he conocido, su elegancia es envidiable y sus movimientos delicados. Cualquier hombre se enamoraría enloquecidamente de su delgado talle, se desataría en besos sobre su blanca piel, pero yo aspiro a algo más. Aspiro a su sincera amistad. Adoro todo lo que hay en usted hasta tal punto que no puedo atreverme a dar rienda suelta a mis fantasías. Es usted mi diosa, le debo solo mi devoción.

—Ya empieza de nuevo —le recriminó.

—No se enfade, querida amiga. Para la mayoría de la gente lo más codiciado es el amor. ¡El amor!, ese grumete sin rumbo que tarde o temprano acaba por abandonar el barco. Para mí nada hay comparable con la amistad que representa al valiente capitán que lucha hasta el final para sucumbir con su navío. La vida es como el mar embravecido, te da vuelcos, te arrastra al fondo, te agita. Pero hay barcos fuertes y capitanes valientes. Hace tiempo que no veo el mar. Me gustaría creer en el amor.

—¿Nunca se ha enamorado?

—Siempre, querida Alba, siempre lo he estado. No conozco el sentido de la vida sin el amor, aunque se trate solo de un cobarde grumete y aunque no sepa si creo o no en él. Le confieso que mi vida ha sido muy intensa, que he pecado de todo, de los mayores excesos, de las grandes locuras. He recorrido ciudades, he amado y abandonado, he sido el más grande de los egoístas y, lo que es mejor, todo ello lo he hecho porque siempre me he encantado a mí mismo. Por amor a mí. Pero ahora, ahora que consigo por fin estabilizarme en un lugar hermoso, que encuentro dos encantadoras y elegantes damas inglesas a las cuales brindo mi más sincera amistad, ahora se me reprocha.

—No, yo no le reprocho a usted nada.

—La mentira en la mujer, el arte que mejor y más audazmente saben manejar. Usted me reprocha el que no le haya besado, el que no le haya estrechado en mis brazos y cubierto de caricias en su alcoba.

—Me ofende, Eduardo. Me ofenden sus desplantes y la ironía con que dice todo lo que tan bien cree decir.

—Nunca fue esa mi intención, debe usted creerme. Me disculpo por mi atrevimiento, por atreverme a no amarla como a usted le hubiera gustado. No trato de ser arrogante, pero no estamos en Inglaterra y sé que mi proceder no es el correcto.

—No, Eduardo. No quiero que sea correcto. Al contrario, quiero que sea usted mismo, el hombre del que me estoy enamorando —murmuró Alba y después suspiró hondamente, intentó continuar pero rompió a llorar al oír lo que sin duda acababa de decir.

Él la cogió entre sus brazos para calmar su llanto, que pasaba ya de ser verdadero y profundo a ser artificial y engañoso. Se perdió su belleza y su gracia, se fue la hermosa Alba derretida en sus lágrimas y quedó solo el cuerpo de una mujer que lloraba contra su pecho. La miró y lo lamentó. Lamentó que tuviera lágrimas y que enrojeciera su tez, que gimiera y que fuese vulgar.

Alba se dio cuenta de su rigidez y de su frialdad y se separó de él, se dio la vuelta y secó sus mejillas. Comprendió entonces sus palabras, pero no se resignó a no ser amada por él. Luchar por un corazón endurecido y seco como aquel seguía teniendo sentido. Era como la roca seca y erosionada. Sus lágrimas no habían podido calar, al contrario, habían sido como gotas de salfumán caídas sobre su pecho. Pero él quería ver el mar. Necesitaba agua para paliar su corazón cuarteado. Necesitaba transpirar y expulsar su negación y su esterilidad por las axilas. Beber de unos labios que le inyectasen esperanza.

Le había confesado que él sí que lloraba y llenaba el caudal del río Ticino con sus lágrimas. Era salado. Todavía quedaba saber por qué lloraba Eduardo, qué le contaba a las anguilas y qué era lo que le hacía estar vivo. Todavía quedaba agua dentro de él.

El tiempo pasaba rápidamente. Un atardecer, mientras Eduardo leía en voz alta algunos versos de la escritora para que ella le enseñase el tono apropiado con el que debían ser leídos, llamaron a la puerta. Él ignoró todo aquello que compartían. La sentó cuidadosamente en un antiguo sillón de terciopelo rojo, le entregó su libro de poemas y le rogó que esperara en silencio. Tenía un presentimiento.

—Adelante, Darío.

—*Il signor ha una lettera urgente di Alexandro Prietti.*

Eduardo se olvidó de Alba. Solo le importaban dos cosas: la llegada de su joven amigo y el purasangre que le iba a regalar. Cuando regresó a la habitación y la encontró allí no pudo disimular su sorpresa e incluso su emoción, tal había sido su olvido.

—Alba, Alexandro viene esta misma noche. ¡Viene el joven Alexandro! No puede ni imaginarse cuánto tiempo llevo soñando este momento. Él es mágico. Es, es… le agradecería a usted que me disculpase en todo lo que le haya podido hacer y que se quedase conmigo para que pueda presentarles en un momento. —Eduardo le cogió la mano y continuó—: Alexandro es un joven fascinante, el caballo a su lado se verá ridículo. Es lo más hermoso que estos ojos han podido ver jamás y me gustaría conocer su impresión sobre él. Ahora. Esta misma noche. Es una noche perfecta para recibirle.

—Nunca le había visto tan emocionado. Parece que su devoción por el joven es exagerada. Me atrevería a decir que se sale de la amistad.

—No me malinterprete, usted sabe que admiro las cosas bellas. Pocas cosas que no son hermosas tienen cavidad en mi mundo, porque si uno se rodea de cosas que le causan admiración y deleite, probablemente hará de ellas una prolongación de sus miembros, de su inteligencia. Si no es así, nada tiene sentido. —Eduardo encendió un cigarrillo y continuó hablando—. Tiene usted suerte de ser guapa, pero más todavía de ser una artista, de dar vida a nuevos personajes. Dígame, y contésteme con sinceridad: ¿cuántos desgraciados y horribles seres ha creado? ¿Cuántos hay en los poemas que acabamos de leer? Por eso me gusta lo que escribe, porque sabe encontrar y describir lo hermoso de una forma casi enfermiza, tal y como yo lo hago. No se niegue a sí misma tal percepción deformada de las cosas. Su mundo en Inglaterra también era puramente estético, mucho más que lo es el mío aquí, rodeada de lujo, de gente socialmente aceptada, de salones de baile y de té, etcétera, etcétera, etcétera.

—Está siendo usted grosero. No me ataque de ese modo. No puede comprender mi vida allí, es muy diferente a la suya. Y no es estética. Es aburrida y falsa. Toda mi vida allí huele a podrido. Yo no he nacido libre, me he criado bajo unas normas.

—Normas estéticas. Aprenda a volar.

—No sabe lo que dice.

—Yo suelo pensar lo que digo y sobre todo lo que dejo por decir, que la mayoría de las veces suele ser lo más interesante. Pero no hablemos de mí. Hablemos de los demás, de usted, de Alexandro, de lo que es hermoso por el simple hecho de ser, de existir. Yo, por mi parte, soy feliz desde fuera, tómenme como un simple espectador. Me gustaría poder verles esta noche juntos. Ha sido una agradable coincidencia. Sí, falta nuestra Emma, pero mañana nos acercaremos a visitarla. Además, también Gabriele estará entre nosotros recuperándose de su insensata caída.

Alba estaba dolida pero emocionada al mismo tiempo. Eduardo radiaba y proyectaba felicidad. Nunca lo había visto tan exaltado. Le gustaba verle de ese modo. Decía tonterías, se reía por todo, le hablaba en italiano, se miraba en el espejo una y otra vez. Le pidió a Alba que conversara largamente con el joven y que fuese un momento especial también para su vida. Ella aceptó la locura de Eduardo.

Cuando por fin llegó Alexandro Prietti, se arrepintió. Se le apagó la felicidad. Se apagó ella entera. El muchacho era realmente lo más bonito que había visto, la belleza de Alba se eclipsaba con la del recién llegado hasta perderse por los lugares más insignificantes de aquella gran habitación. Se sentía carente de encantos para Eduardo mientras que el joven parecía manifestarlos todos a un mismo tiempo. Eduardo, sin embargo, era el mismo, su personalidad arrolladora no se dejaba intimidar ante aquel Adonis escultórico. Más aún, potenciaba en él su ingenio y su estilo.

Alexandro sonreía perfecto bajo su mirada verde, había traído el mar en ella. Su pelo era del color de la caña de azúcar y su piel de arena fina. Tenía luz propia, como una luciérnaga tímida que brilla en el verano de una playa nueva. Era sensual y poderoso al mismo tiempo. Capricho de la naturaleza.

—No se enamore de él —susurró Eduardo a su amiga—, es lo que Dios nos ha intentado prohibir desde que le dimos vida. Es la más roja, jugosa y sabrosa de las manzanas del paraíso, por lo tanto, el mayor de los pecados, el mayor de los placeres.

>>Venga aquí, querido Alexandro. La señorita Linton estaba ansiosa por conocerle. Es una famosa escritora inglesa, pero no es solo eso, como podrá comprobar, además es una dama elegante y distinguida, un cisne blanco de armónicos movimientos y suaves alas. Mírela, Alexandro, tenemos mucho que aprender de ella.

—¿Qué trata de decir esta vez? —preguntó Alba.

—¿Los dioses no son nada sin una diosa? —sonrió Alexandro como esperando la aprobación de su amigo.

—No olvida detalle. ¿Cuándo dije yo eso? Supongo que fue cuando fuimos juntos a ver la statua della Minerva. ¿Cierto?

—Cierto.

—La diosa Minerva. La tríada capitolina, la protectora de Roma y la artesana. ¿Qué piensa usted de la mitología, señorita Alba? Alexandro y yo estuvimos estudiando con detenimiento los dioses griegos y romanos el pasado verano. Yo siempre he dicho que si se venerase a un dios nuevo, si se tuviese que crear uno para estos tiempos en los que vivimos, yo propondría al joven Alexandro.

—Debo sentirme celosa, pero entiendo su admiración.

—Mi admiración por él no tiene límites. Y a él, joven narcisista, le encanta disfrutar de su tiempo libre conmigo precisamente por eso, porque sabe que nadie como yo puede llegar a ser capaz de apreciar tanta belleza. Si pudiese, lo inmortalizaría. Ya es inmortal, pero en mármol. Por eso me parece perfecto que esté usted con nosotros, usted puede hacerlo a través de la literatura. No es un disparate, intente describirlo con palabras, hágame un poema suyo y lo guardaré como uno de los más preciados regalos que jamás me hayan hecho. Sería estupendo volver a ver a Alexandro bajo otra mirada, bajo otra luz. Quiero saber cómo lo ve usted ahora que lo conoce.

—Eduardo me lo pone difícil. Tendrá que venir a mi villa a posar para poder describirle tal y como merece, que no es nada sencillo. Sé lo que quiere Eduardo, la poesía y la literatura pueden hacer algo más por usted que la pintura y la escultura, no le inmortalizará de un modo estático. Puede ser interesante trabajar con alguien tan especial, será una experiencia agradable. Además, a Eduardo le encanta ponerme retos y a mí me gusta aceptarlos.

Llamaron a Darío y fueron a las cuadras. La mano de Alexandro acarició el pelo negro del purasangre y éste se apartó violento. Todavía era fiero y desafiante. Era la fuerza animal viva en una exhibición de poderío. Sus patas sabían dibujar cabriolas en la arena y parecía que saludaba cortésmente con la cabeza cuando lo dejaban tranquilo, como agradeciendo su paz. Quizá incitaba al juego con aquel movimiento. Alexandro abrazó con fuerza a Eduardo por haberle hecho tan preciado regalo, estaba emocionado y no sabía cómo expresar lo que sentía en aquel momento. Dio saltos de alegría, incluso besó a Darío en la frente y volvió a la casa agarrado de su amigo y anfitrión sin poder hablar de otra cosa.

La Piazza de San Leonardo de Pavía estaba adornada con múltiples florecillas de colores que brotaban bajo el fuerte sol. Las gotitas de agua resbalaban sobre los tallos verdes en las macetas de arcilla y se evaporaban como queriendo alcanzar su eternidad. El olor a verano recordaba que los amores de estío son como esos brotes que nada más florecer, mueren.

Hablaron del amor en su paseo. Se dirigieron a la villa de los Sperenni. Estuvieron alargando el camino para no cortar con aquella conversación entretenida y atrevida. A Eduardo le gustaba hablar libremente de sus pensamientos y Alexandro sonreía cuando su tono se excedía en presencia de la dama inglesa. Pero Alba participaba de todo con frescura y naturalidad, ya no pensaba tanto en qué era lo correcto decir o lo incorrecto. Dejó para los londinenses su timidez. Lo natural era amar y sentirse amada. Podía amar a aquellos dos hombres como si de uno se tratara, compartir con ellos su entusiasmo y su placer. Ser la amante de ambos. Ese pensamiento la excitaba. Era como una llamada que alguien le hacía desde dentro, era como si en aquellas conversaciones se descubriese a sí misma como antes lo había hecho a través de la literatura. Nacía de nuevo y volvía a nacer. Su mente volaba con la de Eduardo y se abandonaba a los sentidos con Alexandro. Nunca se había sentido tan dichosa.

Uno de los caballeros arrancó una hermosa flor y se la puso en el pelo a Alba. El otro le incitó a morder sus labios. Alba fue besada en Pavía.

—El beso della Minerva.

—La tríada capitolina. Yo seré Juno y tu Júpiter.

—Seremos los protectores de Roma —gritaron juntos los dos.

Alba escribía su libro. Alexandro aparecía inesperadamente y posaba para que ella convirtiera en poesía lo que ya lo era por el simple hecho de ser. Él resplandecía en su belleza con cada nuevo amanecer. Le encantaba sentirse admirado horas y horas y que hablasen de él. Se sentaba en un tronco cortado y mordía alguna ramita seca con sus dientes blancos. Seducía a Alba y con cada mirada le regalaba el mar. Sentía cómo la escritora deseaba su cuerpo y jugaba a no ser demasiado difícil.

—¿Qué siente por Eduardo? ¿Le ama? —le preguntó una tarde Alexandro.

—Sí. No voy a responder con vacilaciones.

—¿Y qué siente él?

—Eso quizá debería de decírmelo usted.

—Él le ama como a mí.

—¿Como a Emma? —Alba se acercó al joven y apoyó una mano en su hombro.

—No. Nosotros somos especiales para él. Antes era Emma, pero ella nunca significó lo que usted significa ahora. Creo que él controla sus sentimientos y los míos, que sabe que los dos estaremos esperando por él. Pero en la espera podríamos juntar nuestras fuerzas.

—¿Qué quiere decir?

—Nosotros no nos amamos, pero yo la deseo a usted y usted me desea a mí. Es evidente. Es una atracción que surgió desde el principio.

Ella levantó los hombros y miró hacia otra parte. Quiso mostrarse indiferente ante las palabras del joven, pero en su fingido rostro se adivinaban unas ganas locas de ser poseída por él.

Alexandro se levantó y besó su mano blanca y creativa. La agarró por la cintura y después la cogió en brazos. Alba rodeó su cuello y la piel le rozó los cabellos canela. Él la tumbó sobre la mesa, debajo de la torre de piedra. La besó como queriendo volcar todo su poder en aquellos besos. Sus manos fueron desatando los cordones del vestido de Alba. Sus labios recorrían su cuello y su lengua dibujaba el perfil de sus pechos. Se desnudaron con pasión en la sombra del atardecer, bajo un cielo encendido en rojos y violetas. Sus caricias llenaban la piel, el olor del sexo se sentía en el pinar, los suspiros, los jadeos. Eran dos brotes de estío amándose sobre la tabla creadora, sobre los folios manchados en tinta. Juntaron sus cuerpos cálidos. Se enredaron en uno. La musculatura del joven se contraía una y otra vez mostrando su perfección sobre el cuerpo desnudo de ella. Calor entre las piernas. Sensaciones que recorren la espina dorsal y que bañan la piel en el sudor del verano. Se amaron con ganas hasta que el ritmo se aceleró y llegaron al éxtasis. Eran dos buenos amantes. Estaban hechos para amar.

Pero se deseaban de una forma básica. El amor profano y de los sentidos. Su lado espiritual, el amor sagrado, pertenecía a Eduardo.

Gabriele de Spenneri se recuperó rápidamente, pero no podía abandonar Pavía porque precisaba reposo para sanar del todo. El médico que le visitaba a diario estaba contento con sus progresos y no puso pegas en que saliese a dar paseos sin fatigarse demasiado. Emma le acompañaba a casa de Alba y lo cuidaba con delicadeza. No existía un verdadero amor entre el matrimonio, pero la fuerza de la costumbre y el tiempo habían hecho que se encariñasen el uno con el otro. Eduardo había comentado una vez que ellos se querían de una forma desalmada, que era pura inercia de dos cuerpos que ni siquiera saben si se atraen. Decía que en el matrimonio también existen los que creen que el amor llega con el tiempo, con la costumbre. Se reía de esa clase de amor y de todas las demás. Emma, sin embargo, creía a veces que sí que había amado a su marido, intentaba explicárselo a su amigo, pero él no entendía nada que no fuese excesivamente exagerado o romántico hasta la saciedad. Ella le contaba que la fidelidad y el sentido del hogar de ambos era fuerte, a pesar de los numerosos viajes de Gabriele. La seguridad les unía, pero Eduardo pensaba que lo único que tenían era miedo de perderse y por ello se mutilaban los sentidos.

—¿Por qué no concebís un hijo? Es lo que os hace falta —comentó Eduardo—. Nunca estaría de más un pequeño o una pequeña Sperenni. Nos alegraría a todos y nos enseñaría cómo disfrutar de la pureza de una risa alocada. Y si tenéis varios chiquillos, mejor. Esto necesita un nuevo clima, un clima pueril y sencillo que nos devuelva a todos a la infancia perdida. Yo envidiaría todos sus sueños y su percepción por descubrir las cosas nuevas, les enseñaría a montar a caballo y a no querer ser adultos. Un abanico múltiple de posibilidades se abriría ante nosotros, cansados ya de todo y rotos por el tedio.

—Lo hemos pensado varias veces, pero…

—Traiga usted a su familia, *signore* da Perugia —interrumpió Gabriele a Emma bruscamente—. Puede ir hoy mismo a Milano.

Alba no pudo disimular en su rostro la sorpresa al descubrir que Eduardo tenía una familia de la que nunca le había hablado. Él silbaba indiferente una cancioncilla pegadiza sin dar ninguna respuesta y con una frialdad absoluta.

—¿Quiénes viven en Milano? ¿Qué parientes tiene usted allí? —preguntó Alba acentuando su enorme curiosidad.

—Algunos parientes.

—¿Por qué no precisa un poco más? Quizá sería una buena idea la que ha propuesto Gabriele para…

—Prefiero el hastío —cortó Eduardo tajantemente.

Emma miró con tristeza a su amigo. Le conmovía por dentro la frialdad de su gesto y su dañina contestación. Sabía que su marido había sacado ese tema por la imprudencia de Eduardo al preguntar por algo que era asunto del matrimonio. Pero *il signore* da Perugia apreciaba demasiado a su amiga como para dejar que destrozasen sus sueños de aquella manera. Gabriele podía haberle dado el hijo que ella deseaba desde hacía años, pero no lo hacía por egoísmo. Siempre estaba la escusa de que no era el momento apropiado, de que él viajaba demasiado y que no iba a poder criar a su hijo como un buen padre haría. Emma tenía que esperar y esperar, ver pasar el tiempo en soledad mientras que el hombre con el que compartía su vida la dejaba sola una y otra vez. Ella le sería fiel a pesar de todo, callaría y seguiría comportándose dulcemente con aquel hombre que le doblaba la edad. Eduardo apreciaba a Gabriele, sabía que era bueno, pero también que el servicio a la patria y los numerosos traslados le habían vuelto un poco terco e irracional. Lo que no le perdonaba era que Emma no fuese feliz.

Alexandro jugaba con los cabellos de Alba. Le fascinaban los tirabuzones negros, pero ella estaba ajena a las gracias de su amante, pensaba en Eduardo y en su familia. Moría de celos por dentro.

—¿Y si Eduardo tuviese hijos? —susurró al oído del joven.

—Me gustaría conocerlos para ver su genética.

—Hablo en serio, Alexandro. ¿No te importa tan solo la idea de que pueda ser verdad?

—Los secretos de los amantes. Emocionante —sonrió irónicamente Eduardo desde la silla de mimbre—. Sí, el aburrimiento induce al apareamiento de las fieras. Hay que tener cuidado y no poner el corazón en ello. Ustedes son hermosos, pero efímeros como las estaciones. Les confesaré algo, a mí me da un miedo terrible la muerte, me da miedo morirme sin llegar a amar de verdad.

—Usted me dijo en cierta ocasión que siempre había estado enamorado.

—Mi querida escritora, represento una parodia de mi propia vida. Soy un hombre capaz de creer en todo, pero se me olvida creer en lo verdaderamente importante. No es porque no crea, sino porque se me olvida. Supongo que la mente tiene sus propios mecanismos de defensa. Uno nunca será feliz hasta que no se descubra y se acepte. Yo predico lo que debiera ser y proyecto lo que me gustaría ser, pero no sé quién soy. Me da miedo morir sin descubrirlo.

—¡Eduardo! —exclamó Emma apretándole la mano—. No se ponga nostálgico ahora. No tiene sentido torturarse de esa manera. Salgamos y demos un paseo por el Parco del Ticino, le hará recuperar el ánimo.

—Huir. Eso me parece una excelente idea. Olvidémonos de nosotros mismos y representemos ser otros que no somos. Seamos irreales. Construyamos seres no pensantes y básicos que sepan amar con fuerza, que sepan creer en el amor. Que sean instintivos como las fieras. Alba sabe cómo dar a luz esos seres. Su literatura está llena de ellos. Ella ha destrozado mi integridad con su forma de concebir el amor y de describirlo. Yo no sabía que se pudiese amar de ese modo antes de conocer a la famosa escritora, a la señorita Linton. Soy desdichado desde aquel mismo momento.

Las palabras le dolieron dentro a Alba como nunca antes lo habían hecho.

—¿Por qué dice eso? ¿Es solo por lo que ha sentido al leer mis libros?, ¿o hay algo más?

—No. Es por todo lo que hay en usted.

Emma estaba desconcertada y Alexandro molesto. No entendían qué era lo que quería decir Eduardo. Sin embargo, después Alba sí que comprendió sus palabras, sabía que él lo hubiese dado todo por poder amarla. Quería recibir y ser capaz de dar esa fuerza, ese poder al que llaman amor y que cambia el color de las cosas. Pensaba que al menos, si no era capaz, por la proyección que ella hiciera sobre él, lo sentiría. Quería sentir. Pensaba que había sentido y amado pero solo era por puro sentido estético. Solo el placer de poseer. No había nada absolutamente profundo en su vida. Tenía miedo de morir sin llegar a amar a alguien de verdad. Alba le había fallado. No supo enamorarle. No supo hacerle sentir lo que esperaba y la envidiaba porque sabía que ella sí que lo sentía por él. De nuevo el fracaso, el fracaso de todas las mujeres a las que él había intentado amar.

Gabriele le pidió a Eduardo que le acompañase hasta su villa para distraer sus pensamientos. Se sintió un poco culpable por haber desatado aquella nostalgia en su amigo y quiso disculparse en privado. Emma se incorporó para ayudarles, pero su marido le dijo que prefería que ella se quedase. Alba hizo llamar un coche para que no se fatigase demasiado y los dos caballeros se marcharon por el sendero rocoso, dejando tras de sí una humareda de polvo seco.

"He creado un personaje con su misma alma, con su mismo físico, con su mismo poder. Pero ni siquiera Eduard ha podido amarme, ni siquiera puedo darle eso en mi libro" —pensaba Alba mientras intentaba concentrarse para cambiar en lo que pudiese a su personaje y escribir de nuevo otra historia. No era capaz de escribir nada real, la imaginación se le esparramaba en el tintero. Pero Eduard ya había tomado demasiada personalidad, ya no le dejaba ninguna transformación. No era posible hacerlo más sencillo y menos mágico.

—¿Qué te parece? —le preguntó a Alexandro.

—Demasiado onírico. Es la primera vez que me lees algo tuyo y te lo agradezco, pero tampoco soy un buen crítico. Pregúntale a Eduardo. A mí me has vaciado, parezco un ser no pensante en la novela.

—No te enfades. —Alba besó la fresca boca del joven una y otra vez. Le encantaba su boca—. Es solo un boceto. Es malo, es muy malo, no logro encajar las cosas.

—Quiero hacerte el amor en su cama. Vamos a su mansión y amémonos en su lecho.

—¿Ves?, no prestas atención, no te interesa lo que escribo.

—Solo me interesa hacerte el amor.

—Estás loco, Alexandro —la escritora rió mientras él la levantaba en sus brazos.

—Monta en el caballo y vámonos. Eduardo está fuera y no volverá hasta mañana.

—¿Y Darío?

—Eduardo ha dispuesto mi dormitorio cerca del suyo y se ofende si no hago de su casa la mía. Darío tiene órdenes de complacer todos mis deseos en la medida que le sea posible. —Alexandro miró hacia el cielo y gritó con fuerza—: ¡Quiero amarte toda la noche! ¡Quiero que mueras de placer! ¡Alba, muere por los dos! ¡Vacíame por dentro!

—No te rías de mi novela —le reprochó Alba, que cada día disfrutaba más con su amante—. Eres demasiado joven, pero entiendes que es mala. No importa, la mejoraré.

—¡Vacíame por dentro, Eduardo! ¡Vacíame y te amaré eternamente!

—¿Lo harías por él?

—Hay muy pocas cosas que yo no haría por él. Yo moriría por Eduardo.

—Yo te acompañaría en tu viaje. Somos dos palomas blancas capaces de volar.

—¿Por qué él no es capaz de sentir esto?

—Solo en sí mismo está la respuesta. Pero nos quiere, de algún modo nos quiere a los dos.

Darío salió para recibir a la pareja y encargarse de los caballos. Su fidelidad y su entrega al signore da Perugia era absoluta, jamás había trabajado para otra persona. Era un hombre adulto y discreto que siempre intentaba pasar inadvertido para no molestar. Era la sombra de la mansión. Su mujer se encargaba de llevar el servicio y de que todo estuviera en orden, pero no solía hablar con el propietario. Solo Darío gozaba de ese privilegio, su papel era el de transmisor y el de hacerse cargo de todo lo que realmente le importaba al señor. Se encargaba de sus caballos y de servirle directamente, incluso le hacía partícipe de sus reflexiones en algunos momentos. Parecía que todo el que tenía el placer de conocer a Eduardo de cerca acababa sintiendo una fascinación extraña por él. Los que apenas le conocían lo calificaban de ser prepotente y odioso, lo censuraban y hacían correr diversos rumores sobre su vida pasada. Lo criticaban con ferocidad por su carácter agrio, decían que era un ser despreciable. La verdad es que Eduardo solo hablaba con quien creía que era merecedor de ello, a los demás los ignoraba como si realmente el mundo solo existiera para él y para unos cuantos más. Era un hombre difícil de acceder y sin vergüenza a la hora de atentar contra las normas sociales de cortesía. No saludaba a nadie, solo a los que consideraba sus amigos. Quizá por eso Alba sentiría unos años más tarde el deseo de conocer a Margarita Blasco y entablar una amistad con ella, porque tenía el mismo espíritu rebelde y la misma fuerza que él. Tan diferentes por fuera, los dos tenían idéntica sensibilidad y padecían de la misma soledad. Los dos se enfrentaban a una vida que no parecía estar hecha para ellos.

La puerta de la alcoba no estaba cerrada con llave. Él nunca tomaba la precaución de guardar sus cosas bajo llave. Los dos amantes se metieron sin hacer el menor ruido, sintiéndose como ladronzuelos inexpertos que hacían alguna maldad. Una vez dentro, Alexandro encendió varias velas y la lujosa habitación se empezó a difuminar. El bermellón de las paredes y el rubio rojizo de las cortinas le daba solemnidad al espacio. Numerosas alfombras bizantinas cubrían el suelo en un despliegue de colores. Un arco de madera trabajada en bajorrelieve se alzaba en medio de la habitación. La chimenea de mármol dormitaba tranquila en la calurosa estación. Sin embargo, quedaban todavía cenizas de la última vez que dio su calor. Era una sensación dulce de hogar la que se respiraba allí, acogedora y reconfortante. Curiosamente, era aquella la única habitación en la que no había cuadros y era de extrañar por la conocida afición que tenía Eduardo por el arte. Lo que más le llamó la atención a la escritora fue una escultura de unos dos metros que se alzaba majestuosamente en una esquina. Vestido en mármol, un joven había nacido de las manos de un artista anónimo. Tal perfección solo tenía un nombre: Alexandro.

—¿Quién la hizo?

—Un artista.

—¿Cuándo?

—El verano pasado. Así fue como le conocí. Se enamoró de la estatua y quiso tener también al modelo. En realidad no era para él, era para un afamado veneciano que la había encargado y que tenía el propósito de darnos a conocer con ella. Era una gran oportunidad para el artista y para mí.

—¿Y por qué renunciasteis? ¿Por qué se la quedó Eduardo y no el veneciano?

—Ya sabes cómo es. Cuando quiere algo, lo tiene.

—¿Pagó un precio tan alto?

—Olvidemos la estatua —el joven se empezó a desabrochar los botones anacarados de su blusa.

Alba se tumbó en la cama, destapó las almohadas y aspiró su olor, las acarició con ternura. Después se volvió hacia él y lo observó mientras se desnudaba con lentitud y finura. El joven dejó caer la blusa al suelo y se fue desposeyendo de su ropa hasta que quedó desnudo y se puso junto a la estatua. La semejanza y la perfección de ambos desnudos hacía de aquel artista que lo esculpió un genio. Alexandro medía un metro noventa, la escultura era más grande, pero no por ello él se veía menos impresionante. Empezó a silbar la misma cancioncilla pegadiza que días antes hubo entonado Eduardo en el jardín. Se dio la vuelta y abrazó a su doble. Se puso de puntillas, le besó en los labios y deslizó sus manos por el cuerpo marmóreo. Su narcisismo era sencillo pero sentimental. Allí, junto a su yo vacío se sintió Dios y esclavo a un mismo tiempo, con un poder limitado por un ser superior que en su ausencia le había cedido el trono. Se acercó al escritorio y sacó de un cajoncito un libro dorado que parecía muy usado.

—¿Sabes qué es? —le preguntó a Alba.

—No. ¿La Biblia?

—Su diario.

—¿Cuántas veces has estado en esta habitación?

—Muchas, muchísimas. Sé dónde guarda cada cosa.

—¿Qué relación tenéis, Alexandro?

—Usted tiene la suya y yo la mía —él dejó de tutearle como dando a entender que su amistad no podía pasar de ciertos límites.

Alba le preguntó por la familia que tenía en Milano, pero él hizo un gesto de cansancio para que dejase en paz el tema. Se arrodilló en la cama y puso una pierna de ella en un hombro y luego levantó la otra. Mordió suavemente sus tobillos mientras que con las manos deslizaba las medias hacia sus pies y las sacaba despacito. Empezó a bajar entonces con sus besos hasta alcanzar la parte interior de los muslos y continuó desnudándola poco a poco sobre el lecho. Su boca estaba hecha para aquello, para besar, para recorrer su cuerpo y hacerle sentir lo que nunca antes había sentido, para enloquecer. Recordó entonces que su amante era "la más roja, jugosa y sabrosa de las manzanas del paraíso, por lo tanto el mayor de los pecados, el mayor de los placeres". Su lengua le hacía sentir como si un globo lleno de burbujas se rompiera entre sus piernas salpicándole por dentro y recorriera su espina dorsal hasta llegar a su nuca. Sus labios eran suaves y producían vértigo. Las yemas de sus dedos presionaban su piel dibujando regaderas de caricias en ella. Su respiración golpeaba en su oído como una ola que chocaba en su interior e inundaba su cabeza para retirarse luego arrastrando con su espuma blanca todo lo que no era bello. Alexandro se entregaba entero y gateaba sobre el cuerpo desnudo de su amada dejando pequeñas huellas.

Llevó a Alba junto a su estatua y le pidió que besara sus labios con el mismo calor con el que le había besado a él. Ella enredó sus brazos en el cuello yerto, sintió el frío del mármol en sus senos, se erizó, pero la besó con la misma pasión. Le pidió que se quedase sujeta a la estatua, que no dejara de besarla, que le diese vida. El joven abrió las piernas de Alba y las enredó en la cintura de su doble. Los dos le hicieron el amor en un solo abrazo.

—Te estoy amando doblemente. Te estamos amando los dos —susurraba a su oído mientras que sus brazos movían el cuerpo de Alba con un ritmo firme.

Ella sintió dolor debajo de su ombligo y de su espalda. Sintió el frío gélido y el húmedo calor dentro de su cuerpo, a un mismo tiempo. Una sensación nueva. Se transformaba en una campana golpeada por dos badajos.

Tumbados ya en la cama, ella volvió a aspirar el olor de quien dormía en aquellas almohadas. Acercó la cabeza de su amado y también aspiró el olor de su cabello canela.

—Hueles a mí —sonrió.

—Claro. ¿A qué quieres que huela?

—A sol. A caña de azúcar. A madrugada fresca en la playa. A lo que siempre has olido.

—¿De verdad huelo así? —preguntó el joven regalándole una sonrisa a sus ojos—. ¿Y a qué huele Eduardo?

—A cúpula dorada. A castillo cerrado. A hoja de otoño en el suelo. A perfume penetrante y castizo.

Alexandro se olió la piel cuidadosamente aspirando con profundidad y soltando el aire poco a poco. Hundió la cabeza en las almohadas y olfateó las sábanas.

—Eres una catadora de hombres. Un vino joven y uno de reserva para ti, ¿no es así?

—Solo escribo lo que ya es poesía. Copio de vuestra naturaleza. Soy una copista.

Se adormecieron tranquilos. Evadidos en un paraíso cobrizo de alfombras espesas, de tonos rojizos y luces bailarinas de velas encendidas. En una esquina susurros de mármol. Más arriba cenefas del dosel. En aquella habitación se sumergieron en sueños bañados de cerezas.

—Eduardo volverá al amanecer. Si nos encontrase durmiendo en su cama yo creo que hasta le gustaría vernos a los dos, verte a ti desnuda entre mis brazos.

—No. Eso no voy a hacerlo —negó Alba.

—Sabrá que nos hemos amado en su habitación, lo sabrá nada más entre por la puerta. Le hará sentirse bien.

Alba abrió los ojos e intentó desenredar sus pensamientos. Quiso tragarse aquel momento pero no pudo. Una preocupación salió de su garganta:

—Ayúdame. ¿Quién está en Milano? Dímelo Alexandro, no tengamos tantos secretos entre nosotros. Dímelo y calmarás mi angustia. Hace días que no pienso en otra cosa, no sé por qué me obsesiona ese tema, pero necesito saberlo, necesito…

—Está bien, cálmate. No es algo que se pueda guardar en silencio, las cosas caen por su propio peso y tarde o temprano acabarás sabiéndolo —Alexandro se incorporó y pasó un brazo por detrás de la espalda de Alba—. En Milano está parte de su familia y en Venecia el resto. Yo conocí a su mujer, Eduardo está casado con una mujer importante con la que tiene dos hijos. A ellos nunca los he visto, pero sé que él ha tenido muchos enfrentamientos con la familia de ella y que las cosas se pusieron muy feas justo en la misma época en que yo lo conocí. Nunca han aceptado su forma de ser. Ya sabes cómo se comporta en sociedad, lo insolente que puede llegar a ser y lo que le gusta jugar con la gente. Pero no es solo por eso. Eduardo para ellos es malo, Alba. Piensan que es un ser despreciable. Él ha hecho cosas que no estaban bien y que solo se pueden entender si se le conoce profundamente. Tú y yo sabemos que alguien por el que sentimos tanta admiración no puede ser malo.

—¿A qué te refieres cuando dices malo?

—A lo que ellos piensan, a lo que ha sucedido dentro de su mundo aristocrático.

—Eduardo casado. No puedo creérmelo. Me lo temía desde que Gabriele lo comentó, pero no quería creérmelo porque los celos me mataban con tan solo pensarlo. Es extraño, pero ahora que me lo has dicho, que lo sé, no le doy tanta importancia y me parece hasta normal y totalmente comprensible. Casado y con dos hijos. ¿Son muy mayores?

—El varón, Andrea, tiene dos años menos que yo, eso creo, unos dieciocho años. Paula dieciséis.

—¿Y no sientes curiosidad por saber cómo son?

—Solo por su genética, ya te lo dije, no estaba bromeando. Si para él no significan nada, tampoco para mí. Él ha querido anular de su mente su pasado, el que tuvo con su familia, quiere crear una nueva aunque sea irreal. Por eso me necesita y te necesita y necesita a Emma y quiere que ella tenga hijos y que llenemos todos ese vacío que le queda dentro.

—Pero no puede renunciar así a sus hijos. Son de su propia sangre.

—Son de la sangre aristocrática de su familia, educados en la grandeza y distinción de su árbol genealógico. Eduardo les quiso enseñar a escapar, a no crecer, pero sus abuelos pudieron más que él y se los llevaron de su lado.

—Pero ellos no son culpables.

—Ellos no son capaces de pensar por sí solos, esa es su culpa, la de no ser capaces de escapar de ellos mismos. Piensan lo que deben pensar y hacen lo que deben hacer porque así los han educado. Solo digo lo que él me ha contado, nada más. Si quieres saber qué es exactamente lo que pasa por su cabeza habla con él, yo me limito a repetir sus palabras.

—Nunca he visitado Milano.

—¿Tan grande es tu curiosidad?

—¿Tú no la tienes? ¿De verdad que no te importan tan solo porque él te lo haya dicho?

Alexandro sonrió, se dio la vuelta y cerró de nuevo los ojos. Alba lo abrazó por detrás, adoraba su espalda. Le gustaba dormir abrazada a él en esa postura. Hacía mucho calor, pero no por ello dejó de abrazar su cuerpo bajo las sábanas.

—¿Qué sentiste cuando Eduardo te besó en la Piazza di San Leonardo, Alba?

—Miedo.

Perdida en las calles de Milano, con su traje oscuro y sus tirabuzones negros, seguía el rastro de una dirección. En la plaza del Duomo el contraste de las distintas temperaturas de cada baldosa llamaron su atención. Lo sentía en la piel. La imponente catedral eclipsaba el sol tras su belleza. Lo material se hacía divino y sagrado y lo natural se relegaba a un segundo plano. El destierro para las cosas insignificantes en aquel monumental espacio.

Estuvo preguntando acompañada de su cochero y de un sirviente milanés. No era difícil encontrar la residencia de una familia tan conocida, lo difícil era entrar en el mundo de aquellos que viven en el cristal, que están hechos de cristal.

Delante de la gran puerta, Alba sintió frío en las palmas de las manos y temió parecer demasiado artificial ante aquellos desconocidos. Esperó estar segura de hacer lo correcto y dijo en alto algunas frases como preparando su discurso. Se armó de valor y golpeó la puerta con su mano enguantada. Unos pasos cortos y pesados se oyeron al otro lado y ella enrojeció sus mejillas e incluso se sobresaltó al escuchar la cerradura.

Estaba demasiado nerviosa para hablar con claridad en italiano. Preguntó por la señora da Perugia con un acento desastroso y el mayordomo la miró impasible. El sirviente milanés se tomó la libertad de explicar al viejo y oscuro hombre que asomaba tras la puerta que la señorita era una escritora británica importante y que deseaba hablar con Francesca Barbisotti. El mayordomo le explicó que era costumbre en la familia Barbisotti acudir a misa los domingos y no recibir visitas, sobre todo si no eran familiares o allegados.

Alba iba a estar un par de días en Milano, quería buscar un regalo porque pronto sería el cumpleaños de Alexandro, comprar algunos objetos personales y visitar librerías. Pasó por delante del teatro lírico de la Scala y se acordó de lo distinta que había sido su vida en Londres. Deseó volver a vivir en un mundo más intenso y rodearse de gente nueva. Extrañó sus antiguas amistades, su familia, sus amantes, las diversiones de la gran ciudad. Se sintió apartada de todo aquel bullicio salpicado de picardía y falsedad y quiso regresar a Inglaterra. La vida en Pavía era demasiado tranquila. Rodeada de la misma gente. El matrimonio de Sperenni, Eduardo y Alexandro lo eran todo, no había nadie más. Sintió ganas de liberarse de aquellas ataduras y volver al lujo y a la hipocresía londinense, quería que se la reconociese como entonces y no ser anónima en otro país, en otra lengua. De pronto, necesitó volver a ser famosa y brillante en las fiestas y en los teatros.

"En febrero regresaré a Londres" —pensó con tristeza al recordar la sonrisa de Eduardo—. Le costó tragar saliva, suspiró y sus ojos se humedecieron. Sintió un dolor en el pecho profundo y melancólico. El alma se le escurría por dentro y se le caía sobre los zapatos de tacón, no podía seguir caminando porque tropezaba con ella. Cesó de andar y no pudo remediar que unas lágrimas resbalaran por su rostro y se anudaran en su barbilla como un lazo que ataba sus sentimientos. Era débil y torpe ante aquel amor infértil.

De vuelta a la catedral se sintió más tranquila. Necesitaba confesarse ante Dios y hablarle de su esclavitud y su veneración por otro ser. El sermón ya había empezado y los bancos estaban llenos de familias distinguidas que pretendían ser ángeles ante los ojos de un sacerdote alado por las luces de las velas. Buscó con la mirada a Francesca Barbisotti y a sus dos hijos. Era difícil encontrarlos. Todos los hijos tenían el mismo aspecto dentro de la catedral, todos eran iguales porque todos eran hijos del mismo Dios. Para encontrar alguna diferencia tendría que esperar en la salida, una vez fuera, volvería el demonio a diferenciarlos.

El sirviente milanés conocía a la abuela Barbisotti y podía recordarla. Ella era una mujer de peso exagerado, lujo exuberante y carácter ácido. También se acordaba vagamente de Francesca pero, como era costumbre en Eduardo, cuando la familia visitaba Pavía apenas se relacionaba con la gente. Por lo que contó el sirviente, la mujer y los dos hijos siempre habían vivido en Milano, pocas veces habían visitado al signore da Perugia, incluso cuando el matrimonio aún seguía aparentemente unido. Darío era el que se encargaba de todo, hacía de intermediario entre ellos en sus numerosos viajes Pavía-Milano.

Alba reconoció a la abuela Barbisotti a la salida de la catedral. Junto a ella estaba la joven Paula, una muchachita poco llamativa y muy encorsetada a la que su abuela hacía andar con la mirada al frente. Francesca y Andrea aparecieron después de saludar a un grupo de mujeres. El joven se parecía mucho a su padre, era apuesto y tenía su misma sonrisa. Enseñaba sus dientes blancos y su encía rosada de una forma coqueta. A Alba le hubiese encantado poder acercarse más y hablar con Francesca, pero ¿hablar de qué? Las palabras que había preparado le parecieron ridículas ahora, carentes de sentido. El propósito de su viaje a Milano era llegar a verlos y ya lo había hecho, ya sabía quién era la familia de Eduardo y eso tenía que ser suficiente.

Volvió a Pavía pensativa y distante. Se quedó en su villa, sentada en el pinar y haciéndose miles de preguntas. Parecía que aquel viaje le había explicado que su vida no tenía sentido. Enamorada de un hombre que había abandonado a su mujer y a sus hijos por su maldito egoísmo. Lejos de su tierra y su antigua vida. Siendo la amante de un joven narcisista al que ella creía vacío. Las cosas parecían irreales en aquel lugar. Pero más irreal se transformaría su mundo en Londres cuando acabó por vivir tan solo del recuerdo y apagó su vida al presente y al futuro. Ella tenía esperanza de volver a ser quien era, aunque consciente de que su estancia en Italia la había marcado para siempre y que sería muy difícil empezar de nuevo. Ya no sabía adónde pertenecía ni qué era lo que podía esperar si se quedaba en Pavía. Probablemente Eduardo se cansaría de ella y volvería a meterse en sí mismo como un caracol ante el peligro, asustado por su impotencia de no poder amarla. Alexandro se quedaría a su lado o regresaría a Venecia junto al escultor para intentar seguir con su carrera de modelo. Y ella no podría continuar escribiendo porque su corazón estaba tan enredado que no era capaz de sentir por nadie más que por Eduardo.

Margarita Blasco consiguió calmar a Alba. Entre sus brazos seguía deshaciéndose por dentro una mujer que fue hermosa y brillante, pero que no quería hablar y sacar afuera tanta angustia. Callaba como uno de esos mimos tristes que llevan pintada una lágrima negra en su rostro.

Las gotas resbalaban por los fríos ventanales. La carta de Eduardo, la primera carta que él le había escrito desde que ella se marchó, acababa de llegar a sus manos hacía tan solo un momento. Unas breves líneas escritas con melancolía:

Querida Alba. Le he pedido su nueva dirección a Emma para comunicarle personalmente que nuestro joven Alexandro ha fallecido a causa de una grave enfermedad. Con él se ha ido el resto de mi vida. Mi única esperanza es volver a verla, el único aliento que me queda.

Alba, no se esconda en su torre.

Margarita leyó la carta y comprendió en ese momento que lo único que podía hacer realmente por su amiga era sacarla de allí y devolverla a Italia.

—Mañana pasaré a por usted. La recogeré por la tarde. Vaya haciendo sus maletas que partimos a Pavía en cuanto arregle unas cuantas cosas para el viaje.

—¡Señora Blasco! Soy una mujer casada.

—No hay nada más que decir —sentenció Margarita—. No voy a consentir que se quede el resto de su vida con esa angustia que la está matando por dentro. Debe aprender a luchar por la gente a la que ama y no abandonar llena de dudas y preguntas. Aquí es la mujer de un hombre por el que no siente nada. Charles no se opondrá al viaje, está acostumbrado a vivir sin usted. Yo me quedaré a su lado todo el tiempo que sea necesario, hasta que la vuelva a ver sonreír. En Italia tengo algunos amigos, conozco a mucha gente gracias al teatro de la Scala de Milano y a otros lugares.

—Está hablando en serio, ¿verdad? —Alba hablaba bajito con los ojos inundados de esperanza.

—Esta vez sí, chiquilla. Esta vez sí.